衛斯理系列 少年版 04

尋夢

下

作者：衛斯理

文字整理：耿啟文

繪畫：余遠鍠

老少咸宜的新作

　　寫了幾十年的小說，從來沒想過讀者的年齡層，直到出版社提出可以有少年版，才猛然省起，讀者年齡不同，對文字的理解和接受能力，也有所不同，確然可以將少年作特定對象而寫作。然本人年邁力衰，且不是所長，就由出版社籌劃。經蘇惠良老總精心處理，少年版面世。讀畢，大是嘆服，豈止少年，直頭老少咸宜，舊文新生，妙不可言，樂為之序。

倪匡　2018.10.11　香港

主要登場角色

楊立群

白素

劉麗玲

簡雲

孔玉貞

衛斯理

胡協成

翠蓮

小展

第十一章

我和白素最擔心的事發生了！

共賦同居的劉麗玲和楊立群終於又做了那個噩夢。

劉麗玲對白素説：「當我驚醒，坐了起來的時候，我清楚看到，有一對充滿**怨毒**的眼睛在我面前，就如夢中的那一對！」

劉麗玲猶有餘悸，聲音**顫抖**，「一看到那對眼睛，

我便尖叫起來。但我立刻發現，用那種眼神望着我的是立群。他也坐着，滿頭是汗，喘着大氣，樣子極為**痛苦**。」

白素驚訝地「**啊**」了一聲，她已經猜到發生什麼事，但沒有說出來。

劉麗玲繼續敘述：「立群一直望着我，我勉力定了定神問：『立群，你沒事吧？』立群喘了幾聲，**軟弱無力**地說：『對不起，嚇着你了，我剛剛做了一個噩夢。』我便『哦』了一聲：『我也做了一個噩夢。』立群的神態迅速恢復正常，他抹着額上的汗說：『一定是太**疲倦**了，所以才會做噩夢。』我連聲認同，於是我們又躺了下來。」

白素聽得十分**緊張**，「他沒有問你做什麼噩夢？」

「我也擔心他會問，幸好他沒有。而我也沒有問他。」劉麗玲說。

當白素向我轉述時，我聽到這裏，不禁嘆了一聲：「這次不問，不代表第二次、第三次也不問。」

白素**不安**地説：「你有沒有留意到劉麗玲的敘述，他們兩人是**同一時間**驚醒的？」

我怔了一怔：「對，這説明他們兩人是同時進入夢境，在夢境所發生的一切完全配合，翠蓮一刀刺進小展胸口時，也正是小展中刀的時間。」

白素很**疑惑**，「以前就是這樣？還是他們兩人在一起之後才是這樣？」

「一直都是這樣。」我皺着眉説：「楊立群去看簡雲的時

候説過，他每次從那夢裏醒來時都剛

好是**四時十五分**，我相信劉

麗玲也是一樣。」

「這樣説，相同的情況往

後還會不斷發生，他們一起做

噩夢，一起驚醒。」

「嗯。」我點頭認同，分

析道：「劉麗玲不知道世上還

有人跟她做着同一個夢，但楊立群卻知

道 **L** 的存在。所以，長此下去，楊

立群一定會起疑心，遲早會發現劉

麗玲正是他要找的 **隔世仇人**。」

白素自我安慰：「照他們如今 **熱戀**

的情形來看，就算楊立群知道了，也不會

怎麼樣吧？」

「你若見過楊立群失常時的情形，就不會這麼樂觀了。」我直話直說。

「那怎麼辦？」白素很擔心。

我苦笑道：「最安全的方法，就是盡快**拆散**這對鴛鴦。」

白素也跟着我苦笑，「恐怕用洪荒之力也做不到。」

我嘆了一聲，「那只好由得他們了。看來，不論事情如何發展，都不是人力所能挽回的。」

白素的神情很難過，「明知道那計時炸彈會**爆炸**，我們卻一點辦法也沒有。」

「那有什麼辦法？或許這也是**前生因果**。說不定你的前生，就是那個高瘦子。」

白素「**呸**」地一聲，「你才是那個拿煙桿的！」

這樣一說，氣氛輕鬆了不少，反正這也是沒有辦法的事，只好**丟開一邊**了。

在劉麗玲和楊立群同時做噩夢的第二天，劉麗玲就向白素敘述了經過。白素是在中午向我轉述的，下午她有事外出，我便獨個兒留在家裏整理一些文件。

下午三時，門鈴突然**響**起，我一開門，便看到滿臉愁容的楊立群站在門外。

我有點意外，「楊先生，你找我有事？」

他不發一言，默默地走進客廳，在沙發上坐了下來，**愁眉不展**。

我猜想他應該是為了昨夜做噩夢的事而來，可是我不能先開口，我必須假裝不知道那件事，等他自己說。

沒想到他第一句開口說的話是：「**我認輸了。**」

「認輸？」我不明所以。

楊立群解釋道：「我以為你一定會忍不住**好奇心**♥，告訴我L的身分來換取餘下的錄音。」

我明白他的意思了，不禁哈哈大笑，「我衛斯理雖然好奇心極強，但做人還是有些 原 則 的。」

他突然從身上掏出一張記憶卡

來，「這幾個月以來，我在多義溝搜集到的資料，包括那些對話錄音，都在這記憶卡裏了。**你想聽嗎？**」

我聳聳肩，故作 冷淡，但其實恨不得立即把記憶卡搶過來。

「我可以給你。」他把記憶卡向我遞來。

當我伸手想接住的時候，他又忽然將記憶卡縮回去，**焦急**地說：「可是你得告訴我，**L 是誰？**」

我又笑了起來，「楊先生，你這樣叫認輸嗎？如果我把L的身分告訴了你，那就是我認輸了。」

楊立群睜大眼睛望着我，神情可憐，與上次用錄音來要挾我時的 **狡獪** 神情相比，簡直是 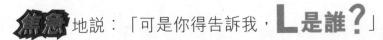天淵之別。

我正想開口勸他，別再枉費心機去糾纏前生的事，可是還沒開口，他已經啞着聲叫了起來：**「我一定要找到他，一定要！」**

我有點**厭惡**，「你這個人，怎麼——」

我的話還沒講完，楊立群又叫了起來：「非找到他不可！要不然，我目前幸福的生活就會遭到破壞！」

聽到楊立群這樣說，我真想告訴他，如果讓他知道了L是誰，他目前的幸福就真的要被摧毀了**！**

當然，我絕對不能向他這樣說。我望着他，他喘着氣說：「**昨天晚上，我又做那個夢了！**」

我竭力裝出很**詭異**的樣子，「你不是自認識劉小姐之後，便沒有再做那個夢了嗎？」

「我也以為自己不會再做那個夢，可是不知什麼原因，昨晚又夢到了。」楊立群捏着拳，情緒激動，「我從噩夢中驚醒，還將睡在我旁邊的人嚇得驚叫起來。」

楊立群以為劉麗玲的**尖叫**是被他嚇出來的。幸好，他們倆都以為是自己做噩夢嚇着對方，暫時還未產生**懷疑**。

「第一次，我可以向她解釋，我做了一個噩夢。但如果次數多了，每次半夜三更將她驚醒，她肯定會以為我是神經病，一定會離開我的。」

楊立群快要崩潰了，我卻不識好歹地喃喃說着：「你的神經本來就不正常。」

他激動地大叫起來：「**告訴我 L 是誰，我就可以終止那個噩夢！**」

　　我不禁**惱火**，厲聲道：「就算讓你知道了，你要怎麼做？照樣刺他一刀？」

　　楊立群給我一罵，臉漲得**通紅**，張大了口，一句話也說不出來。

　　過了好一會，他的情緒漸漸平復，才嘆了一口氣說：「我當然不會殺她。我只不過想知道，她為什麼要殺我。讓我解開心頭這個**結**，或許就不會再做這樣的夢了。」

　　說完這句話，他便把記憶卡放在茶几上，然後站起來，轉身離開。

走到門口時，他再說了一句：「希望你聽完那些錄音

後，會改變

主意。」

第十二章

幾十年前 的 案中案

楊立群離開後，我立刻帶着記憶卡 **衝** 進書房，將它插入電腦裏。看到裏面有三個錄音檔，第一個之前已經聽過了，我便趕快播放第二個。

以下就是錄音內容。

File 1

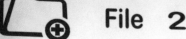

File 2

File 3

楊：你説的那個「**妖女**」——

李：她長得挺迷人的，好像是叫……對了，叫翠蓮。聽説她自恃有幾分姿色，**迷惑**了不少男人幫她辦事，所以被人叫做「妖女」。那時她哭着對保安大隊的人説，她來到的時候，大義哥已經中了刀，不過還沒有斷氣，對她説出了**兇手的名字**。

楊：啊——

李：她告訴保安隊，大義嚥氣時，説出的兇手名字是**王成**！

楊：王成是什麼人？

李：楊先生，你老問這種**陳年八股**的事，有什麼意思？

楊：請你告訴我。

李：王成是鎮上的一個二流子。

楊：即是流氓？

李：嗯，保安隊的人一聽就**跳**了起來，嚷着，「**快去抓他！快去抓他！**」當時俺一聽到保安隊要抓王成，就發了急——

楊：為什麼？

李：王成⋯⋯平時對俺很好，經常請俺吃點喝點什麼的，所以，俺一聽要去抓他，心中很急，拔腳就**奔**，要去告訴王成，叫他快點逃走——

楊：等一等，老大爺，你是怎麼啦？展大義是你哥哥，你想叫殺你哥哥的人逃走？

李：俺那時是小孩，也不知什麼對不對，只是俺不相信王成會殺人。**那妖女不可信！**

楊：那王成聽你説逃走了嗎？

李：俺 **奔** 到鎮上，衝進王成的家，他家裏很 **亂**，人不在，鄰居説他好幾天沒回家了。俺再去找他，也沒找着，以後也沒見過他。

楊：那麼，之後展大義的事呢？

李：那時，草草葬了大義，鎮上的人 **議論紛紛**。王成卻一直沒露面，保安隊也不了了之，以後，也沒有什麼人再記得了。

楊：你再想一想，是不是還記得其他有關展大義的事？

李：對了，還真的有。保安隊有一個小鬼隊員，年紀比俺大不了多少，一天忽然對俺説，要是展大義不死，應該會是 **大財主**。俺問他這是什麼話，他説，早半年，在鎮西有一夥客商，全都 **中毒** 死了，所帶的錢和貨 **不知下落**，就是展大義幹的。俺聽了，恨不得一拳打落

他的兩顆門牙。

楊：那個翠蓮呢，後來怎麼樣了？

李：那妖女在鎮上又住了一個來月，忽然**不知去向**，以後也沒有再見過她。

楊：你就知道這些？

李：是⋯⋯還有兩個人！對了，還有兩個人，經常和王成在一起的，也**不見了**。那兩個人也是鎮上的混混。

楊：王成⋯⋯那王成長什麼樣？

李：是一個瘦子，個子很高，我看他的時候，定要仰着脖子才能看到他，樣子⋯⋯我真記不起了。

楊：**那高瘦子！**

李：你說什麼？

楊：沒什麼。老大爺，謝謝你，很謝謝你。

到這裏，這個錄音檔也播放完了。

楊立群從李老頭的口中，不但證實了當年在油坊中發生過的事，而且還具體地證明了幾個人的存在，包括：展大義、翠蓮、王成（那毆打小展的三個人之中的**高瘦子**）。

23

楊立群夢中的事，在數十年前的確發生過！我很想知道楊立群還有什麼**大**發現，便急不及待地播放最後一個錄音檔。一放出來，全是楊立群的聲音。

楊立群的聲音道：「和李得富談過話後，我可以肯定，我的夢，就是我前生的經歷。

「我有一種**強烈**的感覺，感到我前生和那幾個毒打我的人，與翠蓮之間，還有一種難以理解的*糾纏*關係。我很想弄個明白。

「可是，時間已經相隔那麼久，期間兵荒馬亂，不知經歷了多少變動，實在難以再有什麼新的發現。

「但我還是繼續努力，一直在查，又查了十多天，都是沒有結果，我便回到縣裏。在縣裏，我無意中得知，有一批相當**舊**的檔案還保留着。我要求查看這些檔案，又等了半個月，才得到批准。對於了解當年發生過的事，這些檔案多少有一點幫助，所以我將其中有關的，全拍下照片來。」

我看到記憶卡裏還有一些圖片檔，便打開來看看，果然就是楊立群口中所講的檔案。

檔案所記的，是兩宗**嚴重**的案件。其一，展大義死在油坊裏。而另一宗，更加嚴重，一共牽涉四條人命。

檔案的大致內容如下：

第一宗案，展大義被人刺死，行兇人王成在逃。檔案中有詳細的「**屍格**」，那是死者的受傷部位和**大小**形狀，以及由什麼兇器致死的描述。

至於其餘的細節，則與李得富所述的大致相同。

第二宗案件，**極其駭人**，有四個過路的客商，在經過多義溝的時候，一齊倒斃在路邊的一個茶棚中，**七孔流血**，膚色**青黑**，中毒斃命。

　　這種「茶棚」在北方鄉下很常見，並沒有人管理營業，只有一桶茶。茶的來源是一些好心人挑來的，方便過路途人口渴了可以取飲。有時，也有好心的老太太用**炒****焦**了的大麥沖水，來供應途人飲用。

檔案裏指出，斃命的四個人都曾經飲過茶桶中的茶。經過調查後，證實桶中剩餘的茶有 毒 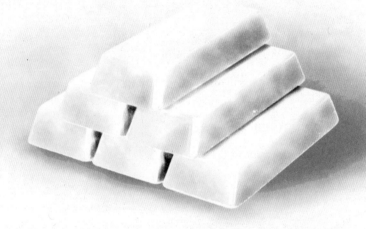，可以令人致死。而客商身上所帶的四百兩金條和其他珠寶，盡皆失盜。

後來，有一個人報稱曾在事發前經過那茶棚，看到一男一女在茶棚中坐着，那男的樣子很像展大義。於是傳了展大義來問話，卻有一個叫王成的人，竭力證明展大義當日整天都和他一起 賭 $錢$ 。一起賭錢的還有兩個人，一個叫梁柏宗，一個叫曾祖堯。

這件案子是 **懸案**。檔案中還有好幾位保安隊長的批注，看來他們都想破這件案，但一點結果也沒有。自然，時間一久，便沒有人再提起。

我看完了這些檔案之後，不禁呆了半晌。

四個商人被 **毒殺** 的案件，是手段十分 **毒辣** 的謀財害命。這宗案唯一的疑兇就是展大義。

除了展大義之外，同場還有一個女人，**這個女人會否就是翠蓮？**

更令人懷疑的是，王成竭力證明展大義不在現場，而幾可肯定，王成就是在油坊裏有份毒打展大義的 **高瘦子**。還有兩個人，曾祖堯和梁柏宗，應該就是毒打展大義那三人中的另外兩個。

從這些資料我幾乎可以推斷，四個商人被謀財害命一案，是王成、梁柏宗、曾祖堯、翠蓮和小展一同幹的。事成後，金條卻 **不見了**。王成三人在油坊裏毒打小展，就是要逼小展講出金條的 **下落**。可是，小展為了維護翠蓮，寧願捱打，也堅決不肯説出金條其實已被翠蓮拿去。只是沒想到，小展最後卻被翠蓮一刀刺死，而王成更被翠蓮 **誣陷** 是兇手。

得到了這樣的推斷後，我忽然想到一個方法，應可勸服楊立群打消 **報仇** 的念頭。

第十三章

突如其來的命案

傍晚時分，白素回家後，我連忙將一切全告訴了她，包括我的推斷。

白素想了一想，説：「推斷也很合理。不過，展大義是個老實人，好像不會參與那麼兇狠、謀財害命的勾當。」

我搖頭道：「別忘記，**他為了翠蓮，甚至願意死。**」

「你説你想到了勸服楊立群的方法，是什麼？」

我笑了笑，「你看過《三國演義》嗎？」

白素瞪了我一眼：「**愈扯愈遠了。**」

我笑道：「一點也不遠，關公死後**顯靈**，在半空之中大叫：『**還我頭來！**』他當時得到的回答是什麼？」

白素立刻接上：「一個老僧反問他：『你的頭要人還，那顏良、文醜，過五關斬了六將的頭要誰還？』」

我一拍手，「我就準備用同樣的方法去勸楊立群。」

白素十分高興：「**這是最好的辦法了！**」

第二天中午，白素有事外出，我也準備打電話約楊立群見面。可是，我才拿起手機，手機便 **響** 了起來，是劉麗玲打來的，她的聲音十分 **急促**：「衛先生，請你立刻到中央警局來，立群在這裏。」

「警局？為什麼要到警局去看楊先生？」我完全在 **迷茫** 之中。

但劉麗玲的聲音極為焦急：**「你來了就知道，請你無論如何都來一次！」**

我聽出楊立群一定是惹了什麼大麻煩，於是立即駕車趕去。大約十五分鐘後，車子駛進了中央警局的停車場，車才停下，我就看到劉麗玲向着我 **直奔** 了過來。

當時我覺得她穿的衣服十分特別，是一件 **米白色** 的西裝，上面有着許多不規則的 **紅色斑點**。

　　她奔跑得很快，不顧一切地**衝**了過來，我怕她會跌倒，連忙迎了上去，一把將她扶住。

　　就在扶住她的那一瞬間，我大吃一驚，張大了口，一句話也講不出來。

　　劉麗玲的神情也是驚恐莫名，**臉色慘白**，喘着氣，講不出話。

　　但使我如此吃驚的，倒不是她驚恐的神情，而是她身上的衣服，那些不規則的紅色斑點，居然是血迹**！**

劉麗玲的衣服上**染滿了血**！

我腦裏立刻想到：劉麗玲的夢被楊立群知道了，她已遭了楊立群的毒手。

我**緊張**得方寸大亂起來，叫道：「他刺中你哪裏？**快找醫生，快！**」

但劉麗玲一臉愕然：「你説什麼**？**」

被她這樣一反問，我刹那間清醒過來，心想，劉麗玲不可能受傷，要是受了傷，還能跑得那麼快嗎？

我吸了一口氣，才説：「對不起，我被你身上的血迹嚇糊塗了！究竟發生了什麼事？」

劉麗玲喘着氣：「**可怕，可怕極了。**」

我雙手抓緊她的肩膊，讓她鎮定下來，她**顫抖**着說：「他殺了他……**他殺了他！**」

我聽得莫名其妙，連忙問：「到底是誰殺了誰？」

劉麗玲喘着氣，未及回答，已有一男一女兩個警官急急跑來，女警官扶住了劉麗玲，説：「劉小姐，你該去作證了。」

那個男警官看到我，立時向我敬了一個禮：「衛先生，原來是你。」

我指着劉麗玲問：「我是劉小姐的朋友，發生了什麼事？」

男警官道：「發生了一件傷人案，劉小姐是 **目擊證人**。」

「**誰殺了誰？**」我直接地問。

由於我和警方的高層人員關係十分好，那男警官又認

得我，所以他樂意地回答道：「一個叫楊立群的男子，傷了一個叫胡協成的人。」

我呆了一呆。

男警官望了我一下，「楊立群被捕後，一句話也不説，傷者還在急救，**醫院**方面説，傷勢十分嚴重，如果傷者死了，那麼，**這就是一宗謀殺案!**」

我皺着眉，忽然覺得胡協成這個名字很熟悉，但一時之間又想不起來是誰。

這時，女警官補充説：「劉小姐當時在場，我們需要她的證供，可是她堅持要等你來了，才肯作供。」

我很理解劉麗玲此刻的心情，面對如此 **嚴重** 的事

情，她很需要熟悉的人在身邊陪伴着，給她安慰和指引。

於是我對她說：「劉小姐，你放心吧，我會和你在一起的。」

劉麗玲聽了我那樣說，情緒稍微穩定了一些，我便陪着她，跟隨兩位警官回到警局內。

這時候，一個中年人提着公事包，**滿頭大汗**地走進來，叫道：「我的當事人在哪裏？」

隨即，那中年人看到了劉麗玲，便立即說：「劉小姐，你可以什麼也不說。」

劉麗玲**苦澀**地笑了一下：「方律師，你終於來了。」

那個方律師與警方人員**爭論**了一會後，我們便一起進入一個房間，並看到了楊立群。

楊立群手捧着頭，面向前方，神情茫然，雙眼沒有神采，一動也不動地坐着。他身上穿着一件絲質的**淺灰色**襯衫，上面染滿**血迹**。

在他的旁邊，坐着警方的記錄員。我注意到，記錄員

面前的紙上，一個字也沒有，這表示楊立群一句話也沒有説過。

　　一進房間，方律師便開口説：「楊先生，你可以什麼也不説，我已經來了，法律上的事由我負責。」他又大聲向一個高級警官嚷叫道：「**我要辦保釋！**」

　　那高級警官搖着頭，「不能保釋。」

　　方律師怒道：「為什麼？我的當事人信譽良好，有社會地位，有身分——」

　　高級警官回頭望向身後的一名警員，「你跟方律師講

講到達現場後的情形。」

那警員説：「是。我負責一七六號巡邏車，報案中心接到了一個女人的 ☎報警 電話，我們的車恰好在出事地點附近，接報後三分鐘就到達現場了。」

「現場情形怎樣？」高級警官問。

那警員接着説：「現場是一棟高級住宅，我們到了之後，按了鈴，但沒有人開門，只聽到裏面有一個女人在叫：『你殺了他！你殺了他！』於是我們撞門進去。」

「進去之後，看到了什麼？」高級警官又問。

那警員吸了一口氣，「我看到楊先生手中握着一柄刀，身上全是血，也看到這位小姐，身上也全是血，她想去扶一個人，那人身上的血更多，顯然是受了重傷，已經昏迷。這位小姐轉過頭來望着楊先生，又説了一句：『你殺了他！』」

第十四章

驚人的遺言

我們所有人都禁不住望向劉麗玲，因為傷者在 ，楊立群又什麼都不肯說，就只有劉麗玲可以告訴我們事情的經過。

但方律師立即說：「劉小姐，你可以什麼也不說。」

高級警官怒道：「在法律上，劉小姐一定要協助警方，向警方作供。」

方律師還想反擊，我攔住了他，說：「為什麼我們不聽聽劉小姐自己的意願？」

這時，劉麗玲已經坐了下來，她神色**疲倦**地説：「如果不是胡協成先向立群**襲撃**，立群也不會奪過他手中的刀。」

難得劉麗玲終於肯開口，高級警官連忙向記錄員示意開始記錄，同時説：「劉小姐，請你詳細講述當時的情形。」

劉麗玲喝了一口暖水，便開始説：「中午，我和立群一起回家——」

「你和楊立群是什麼關係？」高級警官問。

劉麗玲答道：「**我們在同居。**」

高級警官沒有再問下去，劉麗玲

繼續說：「一出電梯，就看到胡協成站在我住所的門口——」

　　高級警官不禁又問：「傷者胡協成和你們又有什麼關係？」

　　「胡協成是我的前夫。」

　　這時我終於記起了，胡協成這個名字我從白素口中聽聞過，那是劉麗玲的前夫。

　　劉麗玲繼續作供，據她所講，**事發經過是這樣的：**

那天中午，劉麗玲和楊立群一起回家。一出電梯門，就看到了胡協成。

胡協成想伸手去握劉麗玲的手，劉麗玲避開他，用**冰冷**的語氣問：「你來幹什麼？」

「**來看看你！**」胡協成獐頭鼠目、油腔滑調，非常惹人厭惡。

楊立群忍不住問：

「麗玲，這是什麼人？」

又瞪向胡協成，喝道：

「**快滾！**」

胡協成一聽楊立群喝令他，立刻指着自己的鼻子

說：「**我是她的丈夫！**」

「我們已經離婚了！」劉麗玲迅速

撇清關係。

「**讓開！**」楊立群一手把胡協成推倒地上，然後拿出鑰匙準備開門進屋。

怎料，胡協成忽然抽出一柄**鋒利**的西瓜刀，抵在楊立群的脖子上。

劉麗玲驚慌大叫，胡協成惡狠狠地說：「住口！你再叫，我就**一刀殺了他！**」接着他又命令楊立群：「快開門！」

楊立群故意把手中鑰匙**丟到地上**，不肯開門。

「你想死是不是？」胡協成兇惡至極，刀鋒緊緊地抵住楊立群的咽喉，好像想**一劃而過**的樣子。

劉麗玲知道胡協成是什麼也做得出來的流氓，驚慌萬分地說：

「**別！別！我來開門！**」

劉麗玲撿起鑰匙去開門，門一打開，胡協成便押着楊立群進去，劉麗玲也跟了進去。胡協成一腳踢上了門，四面看看，**冷笑**道：「住得好舒服啊。」

「這全是我自己賺回來的。」劉麗玲理直氣壯地說。

「既漂亮又能幹，這正是我**喜歡**你的原因。」胡協成又露出一副下流嘴臉。

楊立群怒斥：**「住口！你要錢，拿了錢就走！」**

「好神氣啊！」胡協成用刀身拍打了幾下楊立群的胸膛，「你們都這麼有錢，真是打斷了腿也不用愁。」

他一邊說，一邊把刀移向楊立群的右腿，劉麗玲**緊張**地叫道：「你想怎麼樣？」

胡協成冷笑道：「別急，等會就到你。」

他說完便舉刀，好像要砍向楊立群大腿的樣子，劉麗玲**驚慌**大叫。楊立群奮不顧身地把胡協成撞開，避過

一刀。

胡協成站穩後，老羞成怒，舉着刀就走向劉麗玲。楊立群立刻撲前制止，兩個人跌在地上**扭打**着。楊立群個子高大，力氣也大，奪過刀來，向胡協成連刺了三刀。

胡協成中了三刀之後，**血如泉湧**，使楊立群染了一身血。劉麗玲看到胡協成倒地，想去扶他，也染了一身血。

此時，劉麗玲慌忙打電話報警，警員趕到，**破**門而入，看到的情況就如同那個警員所述的一樣。

照劉麗玲的敘述來看，是胡協成先行兇，楊立群只是**自衛**。

經過高級警官反覆盤問，一小時後，口供被確認，楊立群的保釋要求得到接納，那時白素也趕來了，大家便一起離開警局。

楊立群依然神色 **茫然**，幾乎一句話也未曾説過。他和劉麗玲當然不想回去那案發地點，所以暫時搬到酒店裏住，冷靜一下。

至於胡協成，留醫三天後，終於傷重不治，案件相當 **轟動**。

後來，楊立群被起訴，但一切條件都對他有利：包括劉麗玲的 **有力** 證供，胡協成有過三次因偷竊罪入獄的 **案底**，而那柄西瓜刀亦證實了是胡協成帶去的，出售那柄刀的店家毫不猶豫地指證胡協成在事發前一天，買了那柄西瓜刀。

這一切都證明胡協成圖謀不軌，楊立群 **自衛殺人**，所以，在法庭上，陪審員一致裁定楊立群無罪。他和劉麗玲相擁着步出法庭，甚至不避開記者的攝影。

事件雖然告一段落，但在胡協成留院期間發生了一段**小插曲**，卻令我非常**震驚**。

在胡協成離世前，我接到了一個電話，對方說：「衛先生，我叫黃堂，是警方人員，負責等候胡協成的口供。」

我感到**莫名其妙**，「那和我有什麼關係？」

黃堂吸了一口氣，道：「我在**醫院**，胡協成醒過來了，講了一些話。」

「他說了些什麼？」我好奇地問。

「他講的話**極怪**，你最好能來聽聽，我完全搞不懂他的意思，你或許會有點概念。」

我實在不明白黃堂為何會找我，但去聽聽也無妨，畢竟胡協成的供詞關乎到楊立群的官司。

「好，我這就來。」

黃堂又叮囑了一句：「最好快一點，醫生説胡協成的傷勢十分嚴重，已經沒有希望了。他忽然醒過來，還可以説話，應該是臨死之前的迴光返照。」

我以最快的速度趕去醫院，一個十分壯健的年輕人迎了上來，自我介紹：「我就是黃堂，快跟我來。」

我跟着他進了一間病房，看到了胡協成，這是我第一次見到他。

他重傷躺在牀上，生命正在**流逝**，但雙眼卻睜得極大，臉容**抽搐**，更奇的是，他不斷在講着話，聲音不算**宏亮**，但十分清晰。

我一進去，就聽到他在說：「小展不知道我們給他的是**毒菇粉**，他還以為是蒙汗藥。」

只聽得這一句，我已經呆住了。

黃堂注意到我的神情，立時問道：「衛先生，你懂得他這句話是什麼意思？」

我幾乎想也不想就說：「不懂，這是什麼話？」

黃堂用**疑惑**的神情看着我，我急步來到病牀前，湊近胡協成，聲音**發顫**地問：

「你⋯⋯你是誰？」

沒想到胡協成

瞪大了眼說：「**我**

是王成！」

第十五章

 靈魂 與 記憶

　　王成，就是那個流氓，翠蓮誣陷他殺死了展大義，保安隊一直要將他**緝拿**歸案的那個高瘦子。

　　事隔那麼多年，王成自然早已死了。那麼，胡協成說「我是王成」是什麼意思？

　　我心緒**紊亂**，甚至連呼吸也感到困難。事情實在太巧合了，這樣看來，**胡協成的前生竟然就是王成！**

　　黃堂在旁說：「他一直說自己是王成，真不知道是什麼意思。」

我苦笑了一下，喃喃道：「或許他**神智**不清。」

病牀上的胡協成忽然一伸手，抓住了我的手臂，喘着氣說：「小展，我們騙了你，但那妖女才是真正害你。她倒咬一口，説我殺了你，害得我背井離鄉，那**妖女**卻將四百多兩金子全帶走了。小展，你要找，得找那妖女，**別找我！**」

胡協成這一番話，雖然説來**斷斷續續**，可是卻講得十分清楚。

黃堂的**疑惑**到了極點，因為他覺得我似乎能聽懂胡協成的話。

我實在不知道該説什麼才好，胡協成將我的手抓得更緊，突然又叫了起來：「**我們全上了那妖女的當！**事情本來就是她安排的，我們頂了罪，她卻得了金子！」

胡協成説到這裏，不停地喘着氣，在旁邊的兩個醫生搖着頭，其中一個道：「你們不應該再問他，他快要**斷氣**了。」

我道：「你們應該看得出，我們並沒有問他什麼，全是他自己在説。」

胡協成喘了足足三分鐘的氣，又説：「小展，你是倒楣，但我不比你好，老梁、老曾他們也一樣，全叫這**妖女**害了，全叫——」

他發出的聲音十分淒厲，令人毛骨悚然。

他的喉頭忽然發出了一陣「咯咯」聲，雙眼向上翻，兩個醫生連忙開始**急救**，但我們都可以看出，任何針藥都不能挽回胡協成的生命。

大約一分鐘後，醫生拉過牀單，蓋住了胡協成的臉。

胡協成死了。

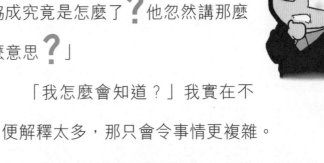

我和黃堂一起走出醫院，他還是不死心地問我：「胡協成究竟是怎麼了？他忽然講那麼多話，是什麼意思？」

「我怎麼會知道？」我實在不便解釋太多，那只會令事情更複雜。

但黃堂的歸納推理能力十分強，他問道：「他好像伙同幾個人做過一件傷天害理的事，

用 毒 菇的粉害人？」他又問：「和他同伙的人，一個叫小展？還有一個『妖女』？另外兩個人，好像一個姓梁，一個姓曾？」

他再問：「結果，好像只有那『妖女』得了便宜，其餘的人都受騙了？」

黃堂不斷在問：「可是，為什麼警方的檔案裏根本沒有這件案？」

我由始至終都只答「**不知道**」，然後匆匆上了車。

59

回到家裏，我將胡協成臨死前的那番話告訴了白素，白素聽得臉色發白，「胡協成……就是王成？」

我忙道：「不，你不能這樣説，就像不能説楊立群就是小展，劉麗玲就是翠蓮一樣。」

白素「嗯」了一聲，「胡協成的前生是王成。」

我點點頭，「這樣説比較合理一點。」

「那麼按胡協成所説，小展並不知道放在茶桶中的是毒藥，以為只是蒙汗藥。」白素説。

我嘆了一口氣，「嗯，王成等三人欺騙了小展，但翠蓮卻將他們四人都玩弄於股掌之中，她殺了小展，嫁禍王成，然後自己帶着錢財走了。」

講到這裏，我和白素都皺起了眉頭，覺得事情非常怪異。

　　事隔那麼久，所有當事人都早已死了。可是，事實上，事情並沒有結束，還<u>延續</u>了下來。小展變成了楊立群，楊立群保留了一部分小展的記憶。翠蓮變成了劉麗玲，劉麗玲也保留了一部分翠蓮的記憶。

　　至於胡協成的情形，我們並不清楚，他可能也有着<u>重複</u>的怪夢，但亦有可能在臨死前的一刻，才記起了前生的事。

　　而更奇妙的是，胡協成和劉麗玲曾經是夫婦。劉麗玲如此美麗出色，何以會嫁給胡協成這樣一無是處的<u>窩囊廢</u>？難道因為前生翠蓮誣陷了王成是兇手，今生劉麗玲就要做胡協成的妻子作補償？

　　我和白素討論着。白素皺着眉，「這是<u>因果</u>嗎？真是愈說愈玄了。那麼我和你的前生又有什麼『因』？」

我笑着説：「誰知道？或許我是一個垂死的乞丐，你救了我！」

白素 **直跳了起來** ：「什麼話？這樣説，今世你是在報恩嗎？好不知羞！」

「如果不是因果關係，那麼胡協成怎會這麼巧合死在楊立群的手上？」

白素沒有説什麼，只是長長地嘆了一口氣。我又説：「王成當年拿 **毒藥** 欺騙小展，後來又毒打小展，那是他種下的 **惡因** ，結果是胡協成死在楊立群的刀下，那就是 **惡果** 。」

白素半信半疑：「假設真的有因果，人真的有前生，那是否表示在人死了之後，記憶可以進入另一個人的腦裏？」

我想了一想，嘗試用適當的字眼來解釋：「我們可以先假定，人死了之後，靈魂就 *脱離* 了肉體，然後 *飄飄蕩蕩* ，直到在機緣巧合下，又進入了一個新生的肉體之

中，這就開始了他另外的一生。」

　　白素冷笑着，「這不就是投胎嗎？太了！」

　　「好，好，我換一個科學一點的說法。」我想了一想，又說：「我們每一個人都有記憶，你認為記憶是儲存在人體的哪一部分？」

　　白素馬上回答：

「。」

「這是最普遍的說法，可是，在解剖腦部後，卻發現不到記憶的存在，甚至連在身體其他部分也找不到。所以有一部分人認為，人的記憶是一組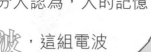，這組電波

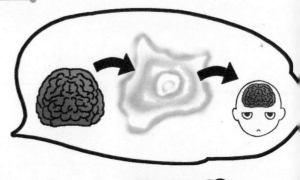

只和這個人的 **腦部** 活動

發生作用。」

　　看白素的神情，似乎接受這個

説法，我便繼續説下去：「當人死了之

後，大腦停止活動，不能再和這組記憶

發生作用。但這並不等於這組記憶已經

消失，它在某種條

件之下，會和另一個

人的腦部活動發生

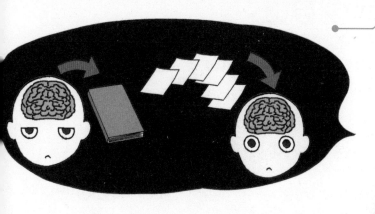

作用，那麼，另一個人就可以擁有這組記憶了。」

白素聽了很雀躍，立即用更生動的説法來比喻：「人的記憶就像一本日記簿，人死後，日記簿依然存在，在某種特殊情況下，日記簿裏的某幾頁可能會意外摻雜到其他人的日記簿中。因此，當我們翻閱自己的日記簿時，有可能會發現夾雜着前人的經歷。所謂前生，只不過是這樣而已。

但人們因為有了不屬於自己的記憶，因此容易顯得像**精神分裂**。」

我大力點頭，認同她的比喻。

我和白素討論過後，決定不把胡協成的**遺言**告訴楊立群或劉麗玲。因為現時最好的處理方法，就是別再提起這些事，別引起他們翻閱自己那「日記簿」的興趣，看到不屬於自己的經歷。

經過那件事情後，楊立群和劉麗玲的關係完全公開，楊立群不再回家，公然和劉麗玲同居，二人的感情也愈來愈**熾熱**。

楊立群與妻子已協議分居，一旦離婚，就會和劉麗玲結婚，希望美好的將來能令他們倆忘記那些錯誤**摻雜**進來的前人記憶。

一切風平浪靜，直至四個月後，在一個酒會上，楊立群竟跟我説了一個**驚**人的**秘密**。

第十六章
兇手自白

　　我是在一個酒會上遇到楊立群的。當時我正和一個朋友在傾談，忽然所有人的目光都被吸引住，我也看了過去，原來是**艷光四射**的劉麗玲正自入口處走進來，陪在她身邊的是*風度翩翩*的楊立群。

　　楊立群發現了我，逕自走過來，神色凝重，**壓低**了聲音說：「我正想找你，我們可以單獨談談嗎？」

「可以。」

楊立群一副 **急不及待** 的樣子，一聽我答應，立時拉着我走開去。

「你的記憶卡還在我這裏，本來我有一番話要對你説

的，可是，第二天就發生了胡協成的事，所以一直沒有機會說。」

當我說這幾句話的時候，楊立群已將我拉出了會場，進了電梯。

一進了電梯之後，他的神情就變得十分**異樣**，「你還記得胡協成的事？」

「誰會不記得？」我不禁反問。

楊立群只是**皺**着眉，不知在想些什麼。

我們進了另一樓層的咖啡室，在一個**幽靜**的角落坐了下來，楊立群先向四面看了一下，才**壓低**了聲音說：「衛先生，有一件事，日日夜夜在我心中，我一定要講出來，才會舒服。」

「這事不能對劉麗玲說？」我問。

楊立群緊張地叫了起來：「**當然不能！萬萬不能！**」

我用 **疑惑** 的目光望着他，「你要對我說的事⋯⋯是和你的前生有關？」

楊立群用力地點着頭。

「是不是你又做同樣的夢了？」我問。

楊立群苦笑道：「同樣的夢一直在做，還每次都將麗玲 **嚇醒**，幸好她一直沒有問我。」

我連忙避開他的目光，因為我知道一個 **秘密**：每當楊立群做這個夢的時候，劉麗玲也在做同樣的夢。

楊立群 **心神恍惚**，沒注意到我的異樣。他忽然將頭湊近了些，壓低聲音道：**「我殺了胡協成。」**

我怔了一怔，「這件事人人都知道，而且都已經過去了。」

楊立群將聲音壓得 **更低**，「事情的真相，只有我和麗玲兩人知道，不，應該說，**事情的真相，只有我一個人才知道。」**

一聽他這樣講，我不禁呆住了。

「事實的真相只有你一個人知道？那麼，劉麗玲的證供全是假的？」我禁不住問。

　　楊立群吸了一口氣，「同樣的罪名，不能被檢控兩次，所以我不怕對你說。麗玲在警局講的話，只有第一句是真的，那天中午，我們回家，一走出電梯就看到胡協成。我根本不認識他，但第一印象就是**極度厭惡**他。」

　　我「嗯」了一聲，「胡協成外形猥瑣，的確很惹人討厭。」

　　楊立群搖搖頭，「與外形無關，我只是憎惡他。初時還不知道是為什麼，但當我動手殺他時，我就明白了。」

　　聽了這句話，我吃驚得**瞪目結舌**。

　　楊立群繼續說：「我喝了一聲『**讓開！**』，他便退

了開去。但從他目不轉睛地望着麗玲，而麗玲又避開他的目光，我便知道他們是認識的。我憤怒地問：『**喂，你是什麼人？**』

「他的態度很恭敬，説：『楊先生，我姓胡，叫胡協成。』我一聽到他的名字，就知道他是誰了。這時，麗玲也開口喝斥：『你來幹什麼？我和你什麼關係都沒有！』胡協成神情 **苦澀** 地説：『麗玲，我，我……』

「我挽着麗玲走到門前，準備開門進屋。這時胡協成僵立着，神情苦澀，喃喃地道：『我真是無路可走了！我買了一柄刀……想去搶劫，可是……我又沒有 **勇氣**。』」

説到這裏，楊立群面容 **抽搐**，開始有點 **激動**，

「在聽到這句話之前，我一輩子都從沒有起過殺人的念頭，可是一聽他那樣說，我望着他，心中對他的厭惡和憎恨上升到了頂點，**我突然就想將這個人殺掉。**」

「然後呢？」我追問。

楊立群繼續說：「我對他冷笑：『刀呢？』胡協成的手發着抖，真的取出了一柄西瓜刀來，打開包在刀外的紙說：『楊先生，你看，我沒騙你，我真的走投無路了。其實我不要太多，只要三萬元就夠了，你能不能幫幫我？像你這樣的有錢人，三萬元根本不算什麼！』不知道

為什麼，他愈是卑躬屈膝，我愈是**憎惡**他。我裝出一副同情他的神情説：『好吧，你進來，我給你！』他一聽之下，高興莫名，連聲道謝，跟着我進屋。」

楊立群雙手互握得極緊，説：「**我看到他那柄刀，就有了殺他的計劃。**」

楊立群講得這樣坦白，我聽得**心驚肉跳**。

他又説：「他跟着我進了屋子，麗玲十分**惱怒**，她説：『你帶他進來幹什麼？』我低聲在她耳邊説：『**我替你永遠解決這個麻煩！**』麗玲不明白我這樣説是什麼意思。那時，胡協成站着，有點不知所措，屋中**豪華**的佈置令他目眩。我請他坐下，他忙道：『不必了，我站着就好。』我向他笑説：『那你至少將刀放下來，不然，人家會以為你是進來搶劫的。』他一聽，立時**手足無措**，不知道該將刀放在哪裏。這時我向他伸出手，他自然而然就將刀交到我的手上——」

　　楊立群講到這裏，突然大口地喘着氣，臉色也**蒼白**到極點，聲音不由自主地**提高**，「刀一到了我的手中，殺人的念頭更是不可抑止，突然之間……突然之間……突然之間……」

　　他一連講了三聲「突然之間」，由於急速地喘着氣，竟然講不下去。過了好一會，他才道：「突然之間……我覺得自己變了，我不再是楊立群，**我成了展大義！**」

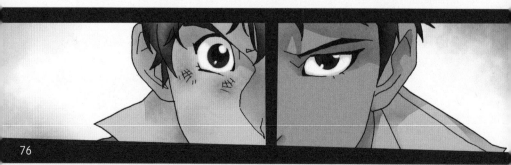

我的身子**震動**了一下，連杯中的咖啡也**濺**了出來。

楊立群神情怪異，一再喘着氣，説：「我自覺變成了展大義，而更不可理解的是……我眼前的胡協成……不再是胡協成，**而是王成！**你對王成這個名字有印象嗎？」

我點點頭，「那個高瘦子。」

「對！就是他！我也立時明白，為什麼我一看到他就那樣憎惡，因為他是王成！我握刀在手……毫不猶豫地……向他刺出去，**連刺了三刀！**」

聽到這裏，我實在忍不住捏着楊立群的肩頭，壓着聲線罵：「你這是**蓄意謀殺**！」

楊立群幾乎窒息地説：「請聽我説完，**最奇怪的事情發生了……**」

第十七章

婚後的秘密

我鬆開了手，讓楊立群繼續説下去。

他説：「我刺了三刀後，胡協成倒向我，我扶住了他。他望着我，以幾乎**聽不到**的聲音説：『**小展，是你！**』然後，他的視線移到麗玲身上。當他望着麗玲的時候，現出極**詭異**的神情來。」

我聽到這裏，心中緊張到極點。因為胡協成在臨死前，既然有一種**神奇**的能力，可以看出楊立群的前生是小展，當然也能看出劉麗玲的前生就是翠蓮。

　　楊立群繼續説：「胡協成看着麗玲，忽然説：『**怪不得……怪不得……**』他的聲音**極低**，在連講了兩聲『怪不得』之後，好像還講了一句什麼，可是麗玲這時**尖叫**起來，所以我聽不到胡協成又講了什麼。麗玲一叫，胡協成便昏倒在地上，麗玲想扶他起來，也弄得一身是血，麗玲不斷説：『**你殺了他！**』當時我很鎮定，扶住了她，教她應該怎麼做。」

　　我大大鬆了一口氣。

　　照楊立群的形容，胡協成當時一定已經認出了劉麗玲的前生是翠蓮。他連説了兩下「**怪**不得」，是因為他終於明白劉麗玲為何會嫁給他這樣的男人三年。

　　在接連兩聲「怪不得」之後，最有可能的一句話，就是「**原來你是翠蓮！**」或類似的話。楊立群沒有聽到，自然是最好了。

「原來劉麗玲的口供是你教的！」我鄙視他，「你在警局一言不發，那種神態也是演出來的？」

楊立群馬上否認：「不，我那時確實感到一片**茫然**，我在想，為什麼我會忽然將他當作王成，而他又叫我小展？我也在想，他望着麗玲說了兩聲怪不得，是什麼意思？」

我刻意**冷淡**地說：「一個重傷得快要昏迷的人，他所講的話有什麼意義？」

楊立群挪了挪椅子，離得我更近一些：「我在想，胡協成的前生會不會是王成？王成一定曾經做過很多對不起我⋯⋯小展的事，所以胡協成才會**莫名其妙**地死在我的刀下。」

楊立群這樣為自己開脫，使我非常反感。可是我卻知道，胡協成的前生確實是王成，而王成也的確做過不少對不起小展的事。所以，我一時之間也無言以對。

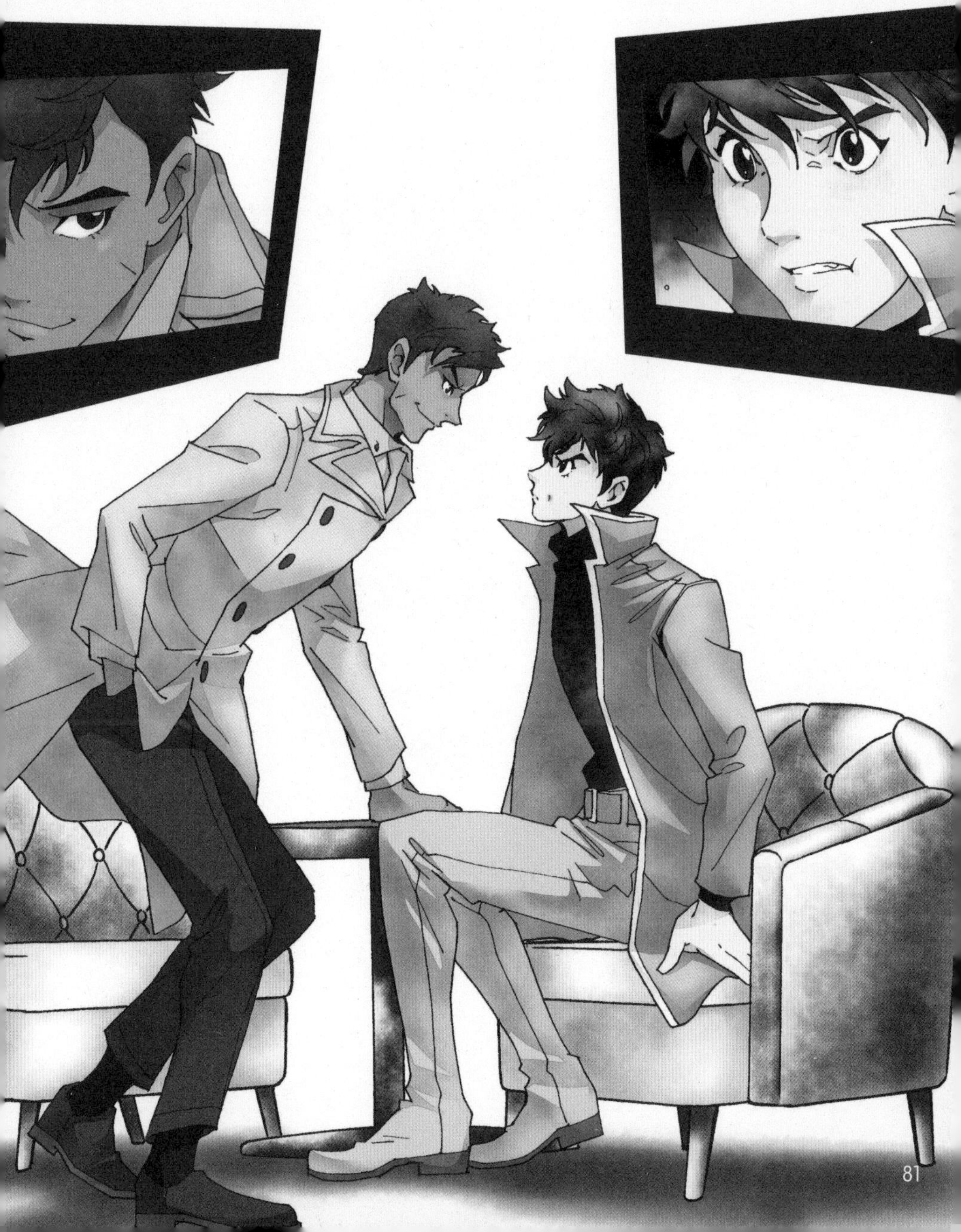

「經過那件事之後，我想通了。」楊立群的神情忽然平和了許多，「我和胡協成根本不認識，第一次見面，他就死在我的刀下，這大概是一種因果報應。那麼，我就不必去找L了，因為我們前生既然有過糾纏，今生一定也會在因果下相遇。我根本不必去找，我們一定會相遇，而且也一定會有所了斷！」

我背脊上冒起一股寒意，竭力鎮定地說：「**如果你們相遇了，你準備怎麼樣？**」

楊立群深深地吸了一口氣，「我不知道。作為楊立群，我根本不想對L怎麼樣。但到時，小展會對翠蓮怎麼樣，我完全不知道。」

楊立群的回答，使我不禁為劉麗玲冒冷汗。

而就在這時候，我看到劉麗玲也走進了咖啡室。

劉麗玲一進來，楊立群便提醒我：「**別對人提起剛才說過的任何話！**」

劉麗玲來到我們旁邊時，向我點頭打了招呼，然後用埋怨的口吻對楊立群說：「你怎麼啦？一轉眼就不見了。」

「對不起，我剛才有些商務上的事要和衛先生商量，現在已經完成了。」他一面說，一面向我揮手道別，與劉麗玲互相**摟**着離開。

當我也準備結賬離開之際，忽然有一個女人向我走過來。

這個女人，我從來也沒見過她。她約莫三十出頭，樣子普通，可是卻有着一股淡雅的氣質，衣着高貴，神情帶着無可奈何的哀怨和悲憤。

她來到我面前，禮貌地說：「對不起，打擾了。你是衛斯理先生嗎？我是楊立群的太太，孔玉貞。」

「你好，請坐。」我連忙請她坐下。

孔玉貞坐了下來，說：「你和他一進來，我就看到了，你們一直在講話。剛結婚的時候，他也常對我講許多話，可是後來……」

我理解她婚姻**失意**的感受，盡力鼓勵她：「或許你放棄楊太太這三個字，回復孔小姐的身分，對你以後的日子來說，會快樂得多。」

但孔玉貞的回應卻**嚇了我一跳**，她說：「衛先生，你信不信前生和今世的因果循環？」

我感覺自己的心臟幾乎**跳了出來**，好不容易保持鎮定，「這種事實在很難說，你為什麼會這樣問？」

孔玉貞的神情**苦澀**，「我感到自己前世好像欠了他什麼，所以今生才會受他的折磨，被他拋棄。」

這樣的話本來十分普通，尤其是出自一個愛情失意的

女人之口。可是我聽在耳裏，卻另有一番感受，因為楊立群、劉麗玲和胡協成三人之間 **錯綜複雜** 的關係，的確和前生的糾纏有關 **！**

「你為什麼會這樣想？」我問。

「有一件極奇怪的事一直藏在我心裏，甚至連立群，我也沒有對他提起過。」

我點着頭，示意她繼續説。

「在我們結婚的第二年，有一天晚上，他喝醉了酒，先是拚命嘔吐，然後忽然講起 **極怪** 的話來，我根本聽不懂，他不斷叫着一個女人的名字，**那女人叫什麼蓮！**」

我雙手緊握着拳，竭力保持鎮定，「喝醉了酒，**胡言亂語** 吧。」

孔玉貞繼續説：「當時我很生氣，質問他：『你在叫

什麼人？那個什麼蓮是什麼人？』他被我一推，忽然抬起頭來，盯着我，那樣子**可怕**極了——」

孔玉貞講到這裏，停了一停，神情猶有餘悸，接連喘了幾口氣，才又道：「他盯着我，忽然＼**怪叫**／起來，用力推我，還大叫着：『**老梁！你再用煙桿燒我，我還是不說！**』他一面叫着，一面現出極痛苦的神色來，好像真的有人在用什麼東西**燒**他！」

我聽到這裏，已經有一陣昏眩的感覺。

在酒醉狀態下，楊立群竟然稱呼孔玉貞為「**老梁**」！

與王成一起失蹤的兩個人，有一個就是姓梁的，在檔案上，那人的名字是梁柏宗。而且，楊立群又提到了煙桿，那麼，毫無疑問，**梁柏**

宗就是那個拿着長煙桿的人！

難道孔玉貞的前生就是梁柏宗**？**

「後來怎樣？」我問。

「後來我叫了醫生來，給他打了一針，他便睡着了。第二天醒來，他完全記不起酒醉後説過些什麼，我也沒有再提起。」

我笑了笑，竭力使自己的神態顯得*輕鬆*一點，「你所説的怪事，在我看來，只是他酒醉後胡言亂語而已，算不了什麼。」

　　孔玉貞苦笑了一下：「不瞞你說，後來我請了私家偵探，去調查他是不是有一個叫什麼蓮的女人，可是調查下來根本沒有。」

　　「我就說嘛，他是 胡言亂語 。」

　　「不過——」孔玉貞神色凝重，「隔了幾個月，有一次我父親來看我，我一面和父親聊天，一面玩弄着他的煙斗，誰知立群忽然露出 極駭然 的神情。他 跳了起來，手指着我，喉間發響，講不出話來，身子一直在 發抖 。我和父親都嚇呆了，我叫了立群幾聲，他才坐了下來，雙手抱着頭，滿頭大汗。我問他怎麼了，他說：『剛才⋯⋯我

以為你會拿煙斗來燒我。』」

她講到這裏，略停了一停，「衛先生，你認為這到底是什麼一回事？」

我安慰着她：「楊先生工作壓力大，精神確實有點失常，他已經向心理醫生求助了，你不必想太多。」

孔玉貞「啊」了一聲，然後又嘆了一口氣：「他對我冷淡，就是從那次醉酒開始。他為什麼這樣討厭我，我實在不明白。」

我惟有苦笑，「**感情的事，沒有道理可講。**」

她也苦笑了一下，「真對不起，打擾你了。」說完便站起來，離開了。

我回到家裏後，將一切和白素說了一遍。

我和白素都極為擔心，因為楊立群已認出過王成和老梁，恐怕認出翠蓮也只是遲早的事。

第十八章

醉酒危機

某天午夜，我和白素被電話鈴聲驚醒，電話另一邊傳來楊立群的聲音：「**嗨，衛斯理，來不來喝酒？**」

我看看鐘，時間是凌晨三時四十三分。我不禁呻吟了一聲：「老兄，你知道現在是什麼時候？」

我沒聽到楊立群的回答，卻立時聽到了劉麗玲的聲音，顯然是她搶了電話：「**別管時間，快來，我們想你們！**」

楊立群和劉麗玲説話都十分 **大聲** ，在一旁的白素也聽到了他們的話。白素在我耳邊低聲説：「**看來他們都喝醉了。**」

我點了點頭，對着手機説：「真對不起，我們沒有凌晨喝酒的習慣。」

正當要掛線的時候，我卻忽然想起，楊立群曾經在醉酒時喚起了前生的記憶，還認出了梁柏宗，如今楊立群和劉麗玲都喝醉了，搞不好他們會**互相認出對方的前生！**

我立刻又提起手機，大聲道：「好，我們立刻來。」

大約半小時，我們便到達了。門一打開，就聞到**濃烈**的酒味，楊立群和劉麗玲似乎從一個什麼宴會回來，身上的盛裝已經十分凌亂，**步履蹣跚**，還在不停地喝酒。

我要盡快使他們清醒過來，於是，二話不說就把楊立群拖進浴室去，扭開了水喉，向他的頭上淋冷水。

楊立群拚命**掙扎**，忽然叫道：「你們淹死我，我也不說。」

他講的這句話把我**嚇了一大跳**，我連忙鬆了手。楊立群直起身子來，眨着眼，又大搖大擺地走出去，叫了起來：「**麗玲！麗玲！**」

楊立群回到了客廳，倒在沙發上，伸手指着劉麗玲，「將今天我們聽來的故事，向他們説説。」

劉麗玲叫道：「**別說！**」

楊立群道：「我要說……今天我們………參加一個宴會，有人講了一個故事，真有趣。」

劉麗玲忽然叫了起來：「別說，一點趣也沒有，根本不是什麼故事。」

劉麗玲的神態極其認真，好像楊立群要講的故事，跟她有莫大的關係。

「我一定要說！」

楊立群很固執。

劉麗玲的身子忽然

發抖來，「你敢說？」

楊立群笑了，「為什麼不敢？」

我和白素看到情勢不對，連忙說：「算了，我們根本不想聽。」

　　但楊立群已經開口說了：「那個女人，從山東來到本地，帶了一筆錢，開始經營生意，眼光獨到——」

　　這時，劉麗玲**衝**了過來，一個耳光打向楊立群。

　　我和白素都看得目瞪口呆。

　　楊立群挨了一掌，還是繼續說：「我要說，**就算你打死我，我也要說！**那個女人做地產生意，發了財。她來歷不明，根本不知道她姓什麼，也從來沒有嫁人，她就是出名的翠老太太。」

楊立群一口氣講到這裏，才停了下來。

「翠老太太」這個名字，我們並不陌生，她是本市一個 **傳奇人物**，死了好幾十年，是十分有名望的富翁。

楊立群何以忽然講起「翠老太太」的故事？真叫人莫名其妙。

劉麗玲厲聲道：「**你敢再說！**」

楊立群笑容 **詭異**：「我當然要說，因為我認識這個翠老太太。」

劉麗玲轉向我們，「你們聽聽，他在胡言亂語什麼？這老太婆死的時候，他還沒有出世，可是他卻說認識她！」

「**我認識她！**」楊立群酒氣 **沖天**，「她

帶了超過四百兩黃金和一些珠寶離開了山東,來到本市,竟然發了財,人人都尊敬她,叫她翠老太太,誰知道這**妖女**的錢是殺人得來的!」

我聽到一半,已經完全呆住了。楊立群說的是翠蓮,而「**翠老太太**」**竟就是翠蓮!**

我也明白了劉麗玲為什麼不讓楊立群說,因為她也知道「翠老太太」就是翠蓮,也就是她的前生!

楊立群似乎還想說下去,我立刻將他拉過一旁,在他耳邊說:「你再講下去,劉麗玲就會以為你是**神經病**。

你正在透露自己的前生,這是你要嚴守的**秘密**,不然,劉麗玲就會離開你!」

我的話十分有力,楊立群心頭一**震**,神智好像清醒了不少,立即問我:「為什麼麗玲不讓我說?為什麼當席

間有人提起這個翠老太太的時候，她也 **失態** 地不讓人說下去？」

我當然不能告訴他劉麗玲的前生就是翠老太太，我只好道：「她身為女人，當然不喜歡別人胡亂評論女人。」

與此同時，白素亦在另一邊努力勸阻劉麗玲狂飲，但不成功。劉麗玲已經醉極，用力 **拋出** 了酒杯之後，人便向沙發上 **倒了下去**。

楊立群也好不了多少，不停喃喃地胡言亂語，聲音 **愈來愈小**，最後也倒下了。

我和白素把醉得呼呼大睡的兩人抬到牀上去，然後又幫他們收拾好地方，自覺任務完成，仁至義盡。

「我們走吧。」我 **有氣無力** 地說。

「怕不怕他們醒來時會出狀況？我們不留下來陪着他們嗎？」白素擔心地問。

「看他們醉成這個樣子，沒睡個二十小時也不會醒，醒了也不會記得什麼。」

白素同意了我的説法。我們都累了，只想盡快回家，洗個澡，換套乾淨衣服**睡覺** z z z 。

怎料，第二天清晨，天才亮，我便接到了那個高級警務人員黃堂的來電，他説：**「衛先生，我是黃堂！」**

睡得不夠的我罵了一句：「長官，現在幾點鐘？」

黃堂回應道：「清晨六點十二分。對不起，我非找你不可，因為，**楊立群駕車，撞死了人。」**

第十九章

可怕 的 車禍

不幸的事終於發生了，楊立群報了前生的仇，用車子撞死了劉麗玲。

我十分自責，昨晚為什麼不留在他們家裏，那樣或許能阻止 **悲劇** 發生。

電話裏的黃堂繼續説：「怪的是，被楊立群撞死的……那位女士……」

我 **呻吟** 了一聲：「劉麗玲。」

黃堂呆了一呆，説：「為什麼會是劉小姐？不是她。」

「不是劉麗玲，是誰 **?** 」

黃堂答道：「是孔玉貞，楊立群的太太。」

被撞死的竟然是楊立群的太太孔玉貞！我感到意外至極，驚訝得説不出話來。

黃堂在電話中接連地「喂」了幾聲，「你聽到了沒有？」

我喘着氣，**哎弱無**力地説：「我聽到了，楊立群用車子撞死了他的太太孔玉貞。」

黃堂又被我的話**震動**了一下，「衛先生，照你的説法，倒像是楊立群有意謀殺了他的太太。」

「不是？」

「據目擊證人説，應該是**意外**。」

我思緒**紊亂**，我和楊立群分手，最多兩小時，那時他醉得不堪，怎麼會駕車出去，撞死了孔玉貞？而孔玉貞在凌晨時分又為什麼會不睡覺，在馬路上亂逛？這真是令人難以置信。

這時，黃堂說出來電的原因：「出事之後，楊立群將自己鎖在車子裏，不肯出來。我們無法**撬開**他的車門，這就想起了你。」

「好，在哪裏？我立刻來。」

黃堂把地址告訴了我。我以**最快**的速度穿好衣服，然後叫白素去看看劉麗玲，便匆匆駕車駛去出事地點。

到達後，我看見黃堂和幾名警員站在楊立群的車子旁邊。

我看到地上的**血迹**，車頭有一盞燈被撞得**粉碎**，可知當時的撞擊力極**猛烈**。

　　車子中的楊立群雙手抱着頭，一動也不動地**蜷縮**在駕駛位上。我用力拍打玻璃窗，但他一點反應也沒有。我轉身向黃堂**冷笑**道：「我有一個最簡單的方法，可以打開車門。」

　　黃堂苦笑，「我知道，只要**打碎**一塊玻璃，就可以打開車門。但是，動作不小心的話，會令他受傷的。」

　　我卻叫了起來：**「他撞死了人！他撞死了他的妻子！你卻怕兇手受傷！」**

　　黃堂連忙說：「有幾個目擊者證明，當時行人**紅燈**，那幾個人在等着，可是，在他們身邊的孔玉貞卻直衝了出馬路。楊立群的車子剛巧駛過，恰好撞到闖紅燈的孔玉貞──」

　　我聽到這裏，悶哼了一聲：「那幾個證人──」

　　「都有各種不同的身分，有的是報販，有的是公司經

理，也有一個是某富豪的司機等等。」黃堂猜到了我想說楊立群可能 $收買$ 證人，所以先解釋給我聽。

我呆了一呆，照這樣看來，純粹是孔玉貞不遵守交通規則而造成的意外。

但我卻不相信那是意外。

因為我所知的太多了。我知道楊立群的前生是展大義，他曾經用十分狡猾的方法謀殺了前生是王成的胡協成。而孔玉貞的前生，恰巧又是那個拿長煙桿的梁柏宗。

我必須制止楊立群這麼瘋狂的殺人行為，於是順手拿起一個小型起重器，向車窗砸去。黃堂來不及阻止，起重器擊在玻璃上，一下

就將玻璃打得**粉碎**。

　　楊立群被玻璃碎片濺到，終於慢慢抬起頭來，雙眼十分 **茫然**，好像從夢中驚醒般。

　　他緊張地問：「我撞倒了一個人，**那人呢？那人呢？**」

　　他一面說，一面探頭向外望，黃堂冷冷地說：「被你撞倒的人，已**當場死亡**。」

　　楊立群張大了口，極為吃驚。

　　我伸手進去打開車門，將他拉了出來，**搖晃**著他的

身子，厲聲問：「你明明喝醉睡着了，為什麼會駕車出來❓你可知道被你撞倒的是什麼人❓」

楊立群雙眼好像在躲避着我的目光，我卻不肯放過他，一字一頓地告訴他：「**被你撞死的，是你太太孔玉貞！**」

楊立群的身體**震動**得異常劇烈，「是真的，是真的！」

黃堂說：「是真的！」

楊立群連說了兩下「是真的」，在黃堂聽來，是跟着一個**問❓號**的，像在問我剛才所說的話是否真的。可是在我聽來，那「是真的」三個字之後，是個**感嘆❗號**，他心中懷疑的事情得到了證實，所以才這樣講。

我忍不住大聲問他：「楊立群，你究竟——」

他不等我講完，就用一種哀求的目光望着我，「別急，

我會和你詳細説的。」

我在他耳邊低聲説了一句：「**記住，你已經殺了兩個人！**」

我轉身憤然離去，接着黃堂便為楊立群進行酒精測試，並把他拘捕。

回到家裏，我看到白素正在安撫着劉麗玲，白素對我説：「我把麗玲接來了。」

劉麗玲臉色 **蒼白**，站起來問我：「怎麼樣？警方會不會控告他 **謀殺**？」

我悶哼了一聲，「那要看是不是又有人肯替他作假證供。」

劉麗玲一聽，臉色變得 **灰白**，坐了下來。白素瞪了我一眼。

我問劉麗玲：「我們走了之後，究竟發生什麼事？他為什麼要駕車外出？」

劉麗玲搖着頭，「我真的不知道。我根本不知道他出去

了，我醉得不省人事，一直到被白素的電話吵醒。」

「我切切實實地忠告你，**快和他分手！**他的神經不正常，你和他在一起，會有**極大**的危險！」

白素不住地拉着我的衣服，示意我別講下去，但我繼續説：「他是個殺人犯，他殺了胡協成，又撞死了自己的太太！當他凶性再發作的時候，**下一個就會輪到你！**」

劉麗玲哭着説：「不，我不會離開他，他也決不會離開我。」

這時，劉麗玲的手機鈴聲 **響** 起，她連忙接聽，我和白素都可以聽到電話那邊傳來楊立群的聲音：「麗玲，方律師說我只是犯了醉酒駕駛，他已幫我保釋了。」

劉麗玲 **激動** 地說：「我馬上回來！」掛線後便匆匆離開了。

我不忿楊立群能被保釋，於是打了個電話問黃堂：「黃警官，你們有沒有查清楚，孔玉貞為什麼會到出事的地方去？是不是楊立群約她出去的？」

「查過了，孔玉貞家裏的所有傭人，還有她的一個遠房親戚，全都說她一向有早起散步的習慣，每天都 **不間斷**。」

「散步到鬧市去？」我 **疑問** 道。

「她習慣駕車外出，停了車就四處走走，有時會在街市附近順便買菜回來。我們已找到了她的車子，停在出事地點附近的一個停車場。這件事，看來純粹是一宗 **意外**。」

「你也覺得是意外嗎？」我 **冷冷** 地問。

黃堂遲疑了一下，「事情太湊巧，楊立群殺了胡協成，又撞死了孔玉貞，而這兩個人正是他和劉麗玲的前任。所以，我感到這兩個人都是被楊立群謀殺的。」

「只可惜『*感到*』不能定罪。」我慨嘆了一聲，便無奈地掛了線。

到了午夜，楊立群終於來找我，他臉色**蒼白**，滿身酒氣，似乎又喝了不少酒。

我急不及待地問他：「今早的事，**不是意外？**」

楊立群搖搖頭，「我是有意撞死他的，我恨他，他害我、打我，我一定要**報仇**，我看到他在前面，故意不煞車，直撞過去⋯⋯」

我愈聽愈吃驚，喝問：「你說的是誰？」

「梁柏宗，我撞死了他。」

我「**啪**」的一聲打了他一巴掌，厲聲道：「你撞死的是孔玉貞，不是什麼梁柏宗！」

　　楊立群撫着被打的臉，「我以為你會明白，孔玉貞就是梁柏宗。」

　　我罵他：「你那見鬼的前生故事，不能掩飾你謀殺的罪行！」

　　楊立群一副無辜的樣子，「我根本不知道會遇到他，我只是因為和麗玲第一次吵了架，心情不好，所以想駕車出去散散心。誰知道突然之間，我看到了梁柏宗。看到了他，我就忍不住——」

　　他頓了一頓，又説：「那情形就像我看到了胡協成之後一樣。」

　　這時，白素忍不住插話：「楊先生，你的意思是，在你的前生，梁柏宗曾經害過你，所以你才要撞死他？」

楊立群點了點頭。

我接着説：「那麼，你要是遇見那四個被你**毒死**的商人，你會怎樣？」

楊立群一聽，低下頭去，喃喃地道：「我不知道，我真的不知道那包是**毒藥**，就算他們見到我，也不會殺我，他們該去找給我毒藥的人。」

展大義的記憶已深深地侵入了楊立群的記憶中，造成嚴重**精神分裂**，使他一下子是楊立群，一下子是展大義。

我雙手用力地搖醒他，「楊立群，你明天一早要去看看簡醫生！」

楊立群甩開我説：「不！我不是隨便殺人的。告訴你，**我已知道劉麗玲就是翠蓮！**」

113

第二十章

事情 終於 發生

楊立群突然講出這樣的話，我和白素都嚇呆了。

「我和翠蓮今生一定會遇上，**我要找的人，就日夜在我身邊！**」楊立群說：「我早就看出來了，當我每次從 噩夢 中醒來，她也一樣，她和我同時做夢，而且做着相同的夢！」

我和白素一時間也無話可說。

「你們怕我會殺了麗玲嗎？告訴你們，我決不是胡亂殺人的。我知道了之後，並沒有殺她的念頭，我還是一樣愛她！」楊立群漸漸冷靜了下來，「這或許是 愛 的力量壓過了小展的 怨恨 ，所以你們不用擔心。」

他説完便走了。

我抹着額上的冷汗，「原來他早就知道了。」

白素苦笑道：「所謂早知道，我想其實也不過是這兩天的事。他們那晚喝醉酒，為翠老太太的事**爭吵**，楊立群可能是那時才知道的。」

「他知道了，卻沒有對劉麗玲做什麼。」我感到**奇怪**。

「誰曉得他什麼時候又**神經失常**，動手殺人！」

白素説完這句話，與我凝神對望，我們不約而同地叫了出來：「**通知她！**」

白素立刻拿起手機致電劉麗玲，可是打了幾遍都接不通。

我們有點**坐立不安**，過了半小時還是接不通劉麗玲的電話，我們便決定直接去找她。

來到麗玲家門外，我按着門鈴，但沒有人應門。白素

用髮夾弄開了門鎖，卻發現門內拴着防盜鏈，這證明屋內有人而不來應門。

我有 **不祥** 的預感，二話不說就撞門而入。

可是已經太遲了，**命案已經發生！**

而沒多久，黃堂帶着幾名警員也趕到來了。

經過調查後，以下是事發經過，但因為兩個當事人之一已經死了，另一個人所講的，沒有人知道是真話還是謊話。

據那當事人說，楊立群從我家離開，回到寓所的時候，劉麗玲正在講電話。

電話裏的其實是黃堂，向劉麗玲套問一些關於楊立群開車撞死人那案子的資料。黃堂這人是個 **工作狂**，午夜來電並不奇怪，我也受過他的 *折磨*，而這一點證供當然亦得到了黃堂本人證實。

但當時楊立群並不知道電話裏的是誰，他聽出劉麗玲喉嚨有點不舒服，看到桌上有蘋果，便去拿水果刀，切蘋果給劉麗玲吃。

可是過了十分鐘，蘋果都 **發黑** 了，劉麗玲還是在講電話。這也是白素為什麼一直打不通她電話的原因。

由於電話裏的黃堂在追問楊立群的事，所以劉麗玲説話顯得**吞吞吐吐**，十分尷尬，使楊立群更加胡思亂想，以為她與什麼男人聊得這樣 **神秘** 。

楊立群很不耐煩，竟一手撥跌了劉麗玲的手機，喝道：**「別再講了好不好？」**

手機跌壞了，劉麗玲也很生氣，「從什麼時候起，我連打電話都不可以了？」

這時，楊立群突然將劉麗玲拉了過來，緊緊地擁抱着，「我對你那麼好，你怎麼可以對我這樣 **冷淡** ？」

楊立群用力過度，令劉麗玲的手臂很痛，她大聲道：**「放開我！」**

楊立群也大聲説：「不，我不會放開你，**我愛你！**」

楊立群看到桌上的蘋果已 **發黑** ，「麗玲，蘋果發黑了，我再切一個給你。」

劉麗玲覺得楊立群已經神智失常，看到楊立群伸手去拿水果刀，擔心會生危險，便快他一步把水果刀奪去。

但劉麗玲拿着刀的畫面，又刺激到楊立群，楊立群怒吼：「**翠蓮，你又想殺我！**」

兩人爭奪着刀子，結果，在**糾纏**間，刀子意外插入了楊立群的胸口，與小展被刺死的位置一模一樣。

我和白素撞門而入時，楊立群已經倒在地上，一手捂着心口，血從他的指縫中**湧出來**。

劉麗玲手中握着水果刀，血自刀尖**向下滴**，神情茫然，動也不動。

我和白素一直擔心的事終於發生了，但卻不是楊立群殺了劉麗玲報仇，而是**劉麗玲殺了楊立群！**

翠蓮殺了小展。劉麗玲又殺了楊立群。

楊立群在臨死前，含着最後一口氣說：「為什麼……又殺了我？應該是……我殺你……為什麼？」

劉麗玲走向楊立群，俯身在楊立群耳邊講了一句話，但我和白素聽不到是什麼。只見楊立群突然恍然大悟的樣

子，露出一個**自嘲**的笑容，然後呼出最後一口氣，死了。

而黃堂亦因為劉麗玲的電話突然**中斷**，感到不妙，所以帶警員前來查看。

劉麗玲被拘捕，後來在法庭上，陪審團經過了三十小時的討論後，認為劉麗玲無罪，法官將她當庭釋放。

白素把劉麗玲接回家，劉麗玲向我們坦承，在楊立群提及翠老太太**秘聞**的那天，她便知道楊立群就是展大義。同時她也明白到，她和楊立群相識、相愛，並非偶然，那是一種因果，由於他們前生有那樣的**糾纏**，今生一定會相遇，就像她和胡協成、楊立群和孔玉貞一樣。

我和白素齊聲説：「如果是這樣的話，那麼今生應該是他殺掉你才對。」

劉麗玲**苦笑**了一下，「我和立群都有一部分前生的記憶。可是再前生呢？」

一聽到這句話，我和白素都呆住了。

劉麗玲補充道：「或許，在再前生，他對我所做的 **壞事**，要令他死在我手裏兩次。」

我和白素都驚愕得說不出話來。

過了好一會，我才問：「在他臨死前，你對他講的就是這句話？」

劉麗玲點頭:「當時我忽然感覺自己既非劉麗玲,也非翠蓮,而是另外一個人,我不由自主地對立群說:『**你清楚你的再前生嗎?**』他聽了我的話,好像恍然大悟了。」

單是前生已經夠複雜了,如果加上再前生,甚至再再前生的話,豈不**天下大亂**?

此後的好一段日子裏,我和白素都為前世今生的事感到迷茫和**困惑?**。

我們也開始懷疑自己的前生是誰，我為何會 **糾纏** 到這事件中？難道我的前生就是曾祖堯？或是那四個慘死的商人之一？還是調查那宗案卻一直查不出結果的保安隊成員？

我甚至要找簡雲來為我們夫婦倆作開解。

雖然缺乏科學根據，但簡雲也不敢排除人死後，記憶會 **殘留** 並傳遞給另一人，而劉麗玲有着前生和再前生的記憶，感覺就好像患有 **多重人格分裂**，就如《24個比利》裏的主人翁一樣。

我和白素很擔心劉麗玲會承受不住精神 **壓力**，想勸她去見見簡雲醫生，可是白素聯絡不上她，她已經離開香港，不知道去了哪裏生活。

我們只能希望不會再有 **悲劇** 發生，畢竟還有一個曾祖堯未出現呢。

不過，我們的擔心是多餘的。因為大概一年後，劉麗玲的社交網絡忽然有了新消息，發佈了不少照片，原來她

這一年來，到處去做 **善 事**。

我第一個感覺認為她是在 **贖罪**，為了前生翠蓮的所作所為，和今生自己殺了楊立群的行為而贖罪。

但白素卻不認同，她把劉麗玲的社交網絡展示給我看，當中劉麗玲留下了一句話：「**從今天起，我希望自己的日記簿上，每一頁都善良快樂，造福未來。**」

別人看這句話，可能覺得很普通，但我和白素一看便明白當中的意思：我們能控制的，只有目前，只要目前盡量做好事，不要作壞事，那麼到死後，萬一真的有 **殘餘** 記憶遺留下來，也是對世界好的記憶。

所以，劉麗玲做好事，不是為了彌補過去，而是為了造福未來。

「你把你的『 **日記簿論** 』告訴了她？」我問白素。

白素點頭，「我發電郵給她說過，原來她有看到。」

劉麗玲想通了，同時也解開了我和白素對前世今生的 **困惑** 與 **心結** ，頓覺豁然開朗，人生又有了意義。(完)

猶有餘悸

劉麗玲**猶有餘悸**，聲音顫抖，「一看到那對眼睛，我便尖叫起來。但我立刻發現，用那種眼神望着我的是立群。他也坐着，滿頭是汗，喘着大氣，樣子極痛苦。」

意思：事後尚且感到恐懼。

兵荒馬亂

可是，時間已經相隔那麼久，期間**兵荒馬亂**，不知經歷了多少變動，實在難以再有什麼新的發現。

意思：形容戰爭期間社會混亂不安的現象，指社會秩序不安定。

誣陷

只是沒想到，小展最後卻被翠蓮一刀刺死，而王成更被翠蓮**誣陷**是兇手。

意思：偽造事實，以言語冤枉、陷害好人。

保釋

他又大聲向一個高級警官嚷叫道：「我要辦**保釋**。」

意思：指疑犯被逮捕後，申請以現金或旅遊證件作抵押，又或是答應遵守其他條件，以免被警察或法庭扣押。

迴光反照

他忽然醒過來，還可以說話，應該是臨死之前的**迴光反照**。

意思：指昏迷的病人臨死之前清醒的一小段時間。

衛斯理系列 少年版 04

尋夢 下

作　　　者：衛斯理（倪匡）

文 字 整 理：耿啟文

繪　　　畫：余遠鍠

出 版 經 理：林瑞芳

責 任 編 輯：蔡靜賢

封面及美術設計：BeHi The Scene

出　　　版：明窗出版社

發　　　行：明報出版社有限公司

　　　　　　香港柴灣嘉業街 18 號

　　　　　　明報工業中心 A 座 15 樓

電　　　話：2595 3215

傳　　　真：2898 2646

網　　　址：http://books.mingpao.com/

電 子 郵 箱：mpp@mingpao.com

版　　　次：二〇一九年二月初版

　　　　　　二〇一九年七月第二版

I S B N：978-988-8525-78-2

承　　　印：美雅印刷製本有限公司